詩集

世界と繋がり合えるなら

羽田光夏

Hika Haneda

読書日和

序――――風　穴

積み木の城の廊下を歩いた
三時のおやつのドウナッツ
ほおばった
良く晴れた日に
僕は日々から逃げました

それほど望んではいなかった世界
ここまで歩いてきてしまった
土星に行くの
やっぱ辞めとくよ

何だか急に寂しくなってきた
季節外れのラブソング
聞いてから眠る
二十二時

今日は机を片付けました

自分には必要ない物ばかり出てきた
どちらかと言えば一人が好きだ
嫌いだったこと
今ならやれそうかも

空腹の心は
引き返せない現実を恨む
空白のこの部屋に
流せなかった涙を落とす

目次

I

君

小部屋の話

人は誰でも心の奥に小部屋を持っているんだよ
小部屋のドアは二枚扉
でも自分で開けられるのは一枚だけ
もう一枚のドアは重たいから
自分以外の誰かじゃないと開けられないんだ

本当の優しさに出会った時
大きな愛情に包まれた時
誰かの温もりにくるまれた時

その瞬間に重たい扉が開き始めるんだ
知ってる？

人は誰でも心の奥に小部屋を持っているんだよ
小部屋の鍵は二つある
でも自分が使えるのは一つだけ
その鍵はもろいから

自分以外の誰かが合鍵を持っているんだよ

本当の愛を知った時
初めての感情に気づいた時
二つの鼓動が重なった時
その瞬間に
誰かが合鍵を鍵穴にさしてくれるんだ
知ってた？

これは秘密の話でも
噂話でもない
必ず知るであろう話
永遠に語り継がれるであろう話

走馬灯

君からの手紙を
ゴミ箱に捨てた
放課後の教室は
やけに
静かで

バス停で雨傘を
急いで畳む
切れた指
雨粒が
落っこちて
沁みる

知らんぷり
この気持ち

あの曲が

流れたら
始まるよ
走馬灯

知らん顔
それでいい
まだ今は
でも、今が

この時が
終わっても
消えないよ
走馬灯

君からの

誰も知らない

どれだけ思ってるの
どれだけ愛せるの
どんなことしてやれるの
それは分からない

どれだけ思ってるの
どれだけ愛してるの
どんなことしてくれるの
まだ分からない

どこが好きなんだろう
どこが嫌いなんだろう
二人はどうなるの
誰も知らない

どうして出会ったんだろう
どうしてこうなったんだろう

この思いは時が消し去ってくれる
それは確かなこと

君はどう思ってるの

欠片（かけら）

君は不器用な僕の欠片を拾い集める
僕はそんな君に背を向けて
未だ見ぬ世界に思いを馳せる

君は目の前の扉を何度もノックしている
僕はその扉の鍵を閉めて
車に乗り込み町へと急ぐ

君の左手は
解（ほつ）れた糸を握りしめている
僕の左手は
その散らかった糸くずをゴミ箱に捨てる

君の頬を伝う涙が
眩しい光のように
僕に降り注ぐ

僕は両手でその涙をすくいあげて
そっと、あの空に返す

君にとって
僕は何なんだろう
僕にとって
君は誰なんだろう

君は砕け散った僕の欠片を捜し歩いている
全部拾い集めたら
君の指は
また僕を描き出すのだろう
君が描いた物を見て
僕の指は小刻みに震えていた

手と手

君は僕じゃないから
僕の世界を知らない
僕は君じゃないから
君の道なんて知らない

君が苦しんでいても
僕が悩んでいても
この世はそれをネタにして
楽しむだけ

何ができるんだろう
何をしてあげられるんだろう
これっぽっちの勇気や優しさでも
価値はあるはずだ
届くのをずっと待っているんだ
君は僕じゃないから

僕の痛みを知らない
僕は君じゃないから
君の傷口は知らない

君が立ち止まっていても
僕が迷っていても
この世はそれを笑い話にして
終わらせるだけ

弱い僕だけど
君のためになりたい

冷たい風の中で
触れ合った手と手
握りしめたら
温かいかな

雨　雲

なぜ時間はすぐに裏切る？
解けかけた絆
端っこを知りたい

振り返ることは良くないこと
作り上げた物は
失敗作じゃない

この心に
世界も染まってしまえばいいのに
なぜ季節はこんなにも早く巡る？
忘れかけた理想
透かしたら見えるかな

八つ当たりするのはよくないこと
あの時の出来事も

先へ繋がっているんだから

そのもやもやが
雨雲になってくれればいいのに
そこから零(こぼ)れ落ちた水滴は
川となり海に注ぎ込むだろう

悲しんでくれる人は
ここにいる
必要としてるから
そう言える

時雨る（しぐれる）

どうがんばってみても
言葉にならない心
こそこそと逃げ出すように
冒険小説を無我夢中で読む

こんなこと
気休め以外の何になるんだろう？
美しさなんていらないよ

努力したつもりでも
自分になれない自分
もやもやをかき消すように
レモンウォーターで乾きを潤す

そんなこと
そのときだけしか役に立たないって分かっているよ
ここに居る意味を教えてほしい

記憶の残骸の中で目覚めた
束の間の安らぎは春風のよう

冬の夕暮れ
冷たい雨に
ただ震えてばかりいる

気づこうとしなかった
温もりが
すぐ近くにあったこと

君にね

君がね
笑ったところ
初めて見た
流行りの番組よりも
おもしろかった
ソファの上で
転げ回っている

君にね
話したいこと
他にもあるんだ
どこへ行こうか
考えているよ

君がね
泣いてる顔を
初めて見た

悲惨な光景よりも
悲しかった
震えた声が
耳に残っている

君にね
伝えたいこと
たくさんあるんだ
僕らは
繋がっていけるだろうか
考えてみるよ
もう一度

ごめんね
この後どうしたらいいか
分かっているよ

君住む町へ

大荷物抱えて
君住む町へ行く
くすぶった気持ち
そのままだけど

君は一人でもだいじょうぶだと言う
手にした物よりも
失った物の方が多いはずなのに

明るく話しかけてくれた
君のことを僕は思っているよ
でも、
この気持ちもいつか
消えてしまうのかな

電車に揺られて
君住む町へ行く

不安や戸惑い
まだ残るけれど

僕は探すのを辞めないだろう
生きていく理由と
無くしてしまった本当の自分を

そっと笑い返してくれた
君を僕は信じているよ
でも、
こんな日々にも
いつか終わりが来るのかな

たとえそうだとしても

僕ら繋がって生きていこうよ

夜　風

僕は風になる
君をそっと包み込む
熱帯夜には安らぎを
凍える夜には温もりをあげる

今すぐにでも君に会いたい
この心が壊れる前に
眠れぬ夜のその先には
きっと君が居る

僕は雨になる
君の心と重なり合う
嬉しい時は共に笑い
悲しい時には涙になるよ

ほんの少しでも君を知りたい
この思いが消えちゃう前に

僕の向かうその先には
きっと君が居る

今すぐにでも君に触れたい
君が消えてしまうその前に
描いた未来のどこかには
微笑む君が居る

僕は風になる
いつだって君の側に居る

II

愛の形

革命

あなたに出会ったせいで
この喉は
声を忘れた
あなたと話したせいで
唇は
歌を忘れた

伝えたいこと
箇条書き
読み返してみた
ありんこだらけだ

あなたを見ていたせいで
瞳孔が
閉じられなくなった
あなたにはまったせいで
笑うしか

できなくなった

話したいこと
後回し
振り返ってみた
後悔ばかりだ

あなたを愛したせいで
世界が
狂い始めた
あなたと出会えたせいで
全てが
崩れ始めた

パズル

キスの仕方がわからなくても
二人繋がり合えますか
勝手な欲望で走り書きした地図の上
行き着く場所は
そことは限らない

秘密がうまく隠せないけれど
愛を交換できますか
拙い愛情で書き上げてみた設計図
組み合わせると
一つの絵になる

真っ白な心で
塗りつぶした
あなたへの手紙

愛の形

この体は
震えている
あなたの指
虫になり蠢(うごめ)く

この心が
壊れていく
絡まる舌
傷口に沁みる

言葉ではもう表せないね
この愛は

その体に
飛び込んでいく
私の肌
水になり滴る

この思いを
むさぼりつくす
重なる呼吸
やがて何になる

態度にはたぶん示せないよね
だって
愛の形
初めから無いよ

だから

温もりが必要なの
あなたの
体温

輪　郭

蛍光灯を消した音　暗くて何も見えない
あなたの合図で　ロックが解除される
私がそっと囁(ささや)いたら
世界が回り始めるの

もう光など存在しない
輪郭を確かめるには
触れてみるしかない

早くなる呼吸が身を焦がそうとしている
もし時を止められたら
全てが変わり始めるの？

指先が
唇が
愛に染まっていく
ラインを超えた瞬間

染　色

一欠片でもいいから
あなたの心を
私に分けてよ
霧がかかった満月に
祈りを捧げる

どこにでも行ける
強くいられる
味の無い日々も
甘くまろやかに溶ける

一滴でいいから
そのＤＮＡを
注ぎ込んでくれたら
励ましもありがたい言葉も
必要ないよ

何にでもなれる
物言わぬ熱情
あなたの中で
私は私になれる
染まり行く色
混ざりあわない

魚

魚になったあなたは私の海を泳ぐ
ぎらぎら両目光らせ
水しぶき空に溶ける

できそこないの私はあなたの影を見てる
くらくらめまい起こして
逆立ちで朝を迎える

分からない　分からない
一枚二枚ベールめくるけど
これじゃない！　ああそれも違う！
どうしよう
また夜が来ちゃうよ

空っぽにされた私はでこぼこ道を歩く
ぱらぱら雨が降ってきて
ため息がこぼれ落ちる

魚になったあなたは涙の海を泳ぐ
ばたばた背鰭（せびれ）震わせ
水に映る月を見つめる

見抜けない　見抜けない
一つ二つと欠片集めても
あれじゃやない？　もうどれも違う！
どうして？
まだ空は青いのに

魚になったあなたは私の海を泳ぐ
鼓動を聞きたくて

走　る

私は走る
あなたのメール
ハートに灯る
炎が揺れる

繋いでおけばよかった
どっか行っちゃわないように
首輪をつけて

私の見ていないところで
何を見てたの？

私は走る
姉貴のヒール
足元滑る
吐息が切れる

殴ってやるんだから
あんた何考えてんの⁉って
一発平手

私の知らないあなたを
受け止める！

聞かせてほしい
あなたの声で

私は走る
自分に帰る

メレンゲ

どこかへ行きたい
遠くへ行きたい
あなたに会いたい
私になりたい
使い古しの
処方箋はもう
効果ないみたい
お馴染みの病

シェイクが飲みたい
バナナも食べたい
高いぞカロリー
やばいよこの先
用意してきた
武器や盾も
歯が立たないわ
でもそうはさせない

混ざり合いたい
交じり合いたい
一度しかない
二度と起こらない

絡み合いたい
感じ合いたい
落ちていきたい
落ちるしかない

メレンゲになる
メレンゲになる

その日

その日私は絶対泣くだろう
涙の量は
軽く大さじ1カップは超えるだろう

その日は朝から雨がいい
雨で
心も涙も
隠すことができるから

その日もあなたは普通に現れるだろう
そして、
いつもと同じように
帰っていくのだろう

仄(ほの)かに甘いコロンの香りが残っているうちは
私のことをまだ気にかけてくれている
そういうことにしよう

その日が明けて、広がり行くもの
そこから先のことは
考えられない

その日
私は絶対泣くだろう

刻む

心が崩れていくのは
寂しいからじゃない
あなたが居ないと
何もできないわけじゃない

買ったばかりの靴で
光に照らされた土を蹴って走り出す

あなたのため息を聞きたい

体が壊れていくのは
恋しいからじゃない
あなたが居なくても
できることはたくさんある

生えたばかりの羽で
生まれたての風に乗って舞い上がる

刻み込まれる足跡
あなたの未来になりたかった

思い出すこと

君のこと
たぶん思い出すことはないだろう
怒らないでよ
だってさあ
焼き付いているから
後ろ姿が
笑った顔が
いったいこれをどう消したらいいの

君のこと
もう思い出すことはないだろう
泣かないでよ
だってさあ
張り付いているから
流した涙も
話したことも
いったいこれをどうしろと言うの

君のこと
二度と思い出すことはないだろう
でもだいじょうぶだよ
なぜって

忘れられないから

愛歌（アイカ）

愛してる
簡単には言えない
でも嘘じゃない

どうすれば
伝えられるだろう
心をそのまま

言葉があるから
届かないのかな

愛の歌
私にも歌えるよ
そう思っていた

どうしたら分かってもらえるだろうか
自分を丸ごと

言葉って実はいらなかったりして

知っている言葉よりも
抱いている思いの方が多い
それでも
ここに居たい
足りない物を探し続けるの

この声が届く範囲は狭い
浮き彫りになっていない闇や傷跡の部分は広い
だからこそ
ここに居る

私の歌が
歌えるようになりたいから

明日へと続く道

二人並んで歩いた道
今はほら、
目をつぶってでも歩けるようになった
くだらないことではしゃいでいた
乾いた空に
響く笑い声

今は一人ぼっち
まるで置いて行かれちゃったみたいだ

あの空に続く道
たった今見つけたよ
どこに行くのか分からないけれど

忙しいけどつまらない日々
だけどその中でも、

自分の居場所
見つけられそうだよ

旅立った私たち
胸の痛みがなかなか消えない

あなたへと続く道
きっとまた会えるよね
寂しくなって声が聞きたくなるけど

明日へと続く道
やっと今見つかった
何もかもぜんぜん分からないけど
とりあえず歩き続けてみるよ

目を閉じれば
いつも誰かが居てくれる

一人でもきっと
だいじょうぶ

III　世界と繋がり合えるなら

カメレオン

どんな私で居ればいい？
誰もが抱えている疑問
心や気持ち
変幻自在
どんな色にでも染まれるよ

ガラスに映る
私が増えた

どんな私になればいい？
誰に聞いても分からないこと
思いや感情
自由自在
いろんな姿で居られるよ

自分の中の
私は何人？

数えていたら
居眠りしちゃった
今ここに居る
私は一人

炎とマリオネット

ああなりたいと閃(ひらめ)いて
こうなりたいと憧れて
そうなりたいと心に決めて
なれるはずだと確信した

なりたいなあと口にして
なれるかなあと不安になって
なれるからって励まされて
なれるよねってほっとした
なってやるって自分に誓った

あの時の炎が消えてしまった
マリオネットが動き始める

思い切って羽を広げて
加速するままに飛び続けて
躓(つまず)いて泣きべそかいて

それを何度も繰り返した
真っ白な翼　黒に染まった

矛盾の町に雨が降る
マリオネットが蠢(うごめ)いている

疲れたその羽を癒して
眠りの中で夢を見て
未来の地図をぼーっと見つめて
ものすごく気が遠くなった

何がしたいの
どこへ行きたいの
聞いてみたけど
忘れちゃった

光が見える

早く行かなくちゃ
歩きたいのに
前に進めない

矛盾の町は今日も雨降り
晴れることをただ
祈り続けるだけ

五本指

今は全てを忘れたいの
そんな台詞は言えやしないの
だから惹かれてしまうんだ
譜面に載らない旋律に

あの人みたいになりたかった
かっこつけているつもりはない
産み落とされた言葉たち
誰の手の中で育つのだろう

先のことなんて分かりっこないの
そんなフレーズは意味がないもの
だから欲しがってしまうんだ
自分が持っていないような能力

あの人のようになりたかった
危険な場所に行くわけではない

歩き始めた言葉たち
誰の手の中で眠るのだろう

あの人のようにはなれなかった
私は私でしか居られない
何も知らない五本指
いつになったら気がつくのだろう

旅立って行った言葉たち
誰の手が先に見つけるのだろう
何も感じない指の先
それでもきっと
何かを摑み取れるはず

そのために
こうして産まれてきたのだから

ビート

あなたのビートをちょうだい
弾けたいんだよ
壊れたいんだよ
気持ちいいビートをちょうだい
今なんかいらない
その先が見たいの

どうしてさあ
そうやって自分を押し込めるの
どうしてさあ
そんな風に周りに流されていくの

やりたいことやろうよ

激しいビートをちょうだい
ジャンプしたいんだよ
ロックしたいんだよ

痺れるビートをちょうだい
過去なんていらない
瞬間が欲しいの

どうすれば
本当の自分になれるんだろう
どうすれば
もっと自由に生きられるんだろう

わがままになろうよ

私のビートをあげる
楽しみたいなら
裸になろうぜ
未だ見ぬ未来へ送る
感情のテレパシー
自分しか知らない

しまってあるから

言葉と心は違うもの
だから
私が言ってることは全部嘘
繋いだ手も
いつでも温かいわけじゃない
だけど
ぬくもりなら
心の奥に
ちゃんとしまってあるから
安心して

体と心は別のもの
だから
皆が知ってる私は嘘つき
君のことも
ずっと思い続けていられるか自信ない
だけど

愛なら
この胸の奥に
そっとしまってあるから
心配しないで

自由の翼なら
自分の中に
大切にしまってあるから
だいじょうぶだよ

眠り

あなたがくれた歌を抱いて
深い眠りにつくとしよう
痛みすら感じない
傷つくこともない
真っ白な世界

あなたの声を耳に溶かして
永遠の眠りにつけたらいいな
二度と目覚めることのない
音も聞こえない
どんな感じだろう

想像もつかない
あなたが灯してくれた火は
明日へと続く光に変わる
何も映らない
何も感じない

そんな心さえ
突き動かす
かすかな灯

おねがい
どうかあの人から
自由の羽が消えてしまいませんように

そう祈りながら

今夜も眠りにつくとしよう

人って

もしもこの島に
ミサイルが落っこちて
目の前に居る君を
失ってしまったら
僕は君のその細い体を抱きよせて
声を上げて泣くだろう

もしも今
僕があの海に身を投げたとしたら
すぐ傍に居る君はどうなってしまうだろう？
君は僕のことを本当に
ずっと思っていてくれるだろうか？

たぶん僕らはそういうもの
自分のことも
よく分からない
心の中にある目では

遠くのこともよく見えないんだ

僕の知らない誰かが
求めているもの
優しい言葉？
便利な道具？

傷ついた僕が
探しているもの
柔らかな温もり
海のように深い心

たぶん人ってそういうもの
周りのことは
よく分からない
僕もその内の一人なんだ

そんな感じで
生きていくのだろう
これからも
この先も
ずっと

いっそ

いっその窓を開けて
裸足のまま外へ飛び出そうか
冷たい風が吹き荒れる外に

この地を旅立った君は
何になったんだろう
この地を後にしてこれから
どこへ向かうんだろう
声も電波も届かなくなっちゃったね

いっそベッドから抜け出して
パジャマのまま町へ繰り出そうか
危険な罠が潜んでいる夜に

この地に残された私は
何にもなれないまま
この地を後にすることも

できずにしゃがみ込んでいる

いっそ炎でも放って
世界一悪い人にでもなろうか
そんなことしても
自分は誇れない

いっそこの心開いて
全部を打ち明けてみようよ
少しずつだけど
分かってくれるはず

この地を旅立って私は
何になれるんだろう
この地を後にする勇気も
すぐに手にできるだろう

きっといつか
笑い合える日が来るね

記憶の欠片

聞いたことないレコードに
針を落とす
産み落とされたノイズ
ちょっと耳障りだ

暖かいはずの部屋で
体はまだ
温もりを求めている

突き刺さっても
痛くはないよ
記憶の欠片

本棚の上にあるお菓子に
手を伸ばす
食べてしまってからのこと
ちょっと気になるけど

小腹を満たすように
心にできた洞穴も
埋められたらいいのに

傍に居なくても
だいじょうぶだよ
誰かの滴

時の流れは残酷だ
長かったはずの話が
一瞬のことのように思えてくる
ほんの一ミリしかないような軽い物が
ダイヤモンドみたいに見えてきた時
ほんの少しだけ
大きくなれたってことかな
きっと

世界と繋がり合えるなら

私は全てを愛せるだろうか
一つも捨てずに
一つも汚さずに

本当にできるだろうか
とても難しいこと

世界と繋がれないのなら
暗闇に染まる空しか見えない
世界と繋がれないのなら
抱きしめてくれる温もりも見つけられない

私は全てを愛するだろうか
一つも忘れずに
一つも傷つけずに

最後までできるだろうか

ものすごく不安だけど
誰にでもできること

世界と繋がりたいのなら
ほんの少しだけ
余計な嘘をつかなきゃならない
世界と繋がりたいのなら
一欠片だけ
大切な物をあげなきゃいけない
それでも

世界と繋がり合えるなら

長く真っすぐな一本道

長く真っすぐな一本道の途中で
また立ち止まる
まだ行ける
でも何となく疲れた
傷ついたわけでもない
でも心は軋(きし)んでやがては腐るだろう

突き進むことが
全てではない
ちょっと立ち止まって
周りの風景を見るのも悪くないよ
だってその風景の中に
本当の答えが隠れているかもしれないから
地図を見ながら行くよりも
その方がずっとおもしろいって

だから

今はこの静かな時に
身を委ねている

長く真っすぐな一本道を歩いていたら
何かに躓(つまず)いた
だいじょうぶ
でも何となく痛い
血が出たわけでもない
でもそこに瘡蓋(かさぶた)ができて
そのまま傷が残るだろう

優しいだけじゃ
自分は誇れないよ
思いっきり泣いたり怒ったりしないと
心が擦り減ってしまいそう
いつもその心の中に
本当の自分が生きているんだから

何かに流されて進むよりも
ありのままに生きる方が楽しいんじゃないかなあ

だから
今はこの静かな世界を
ずっと見つめている

さあ
次はどこへ行こうか

あとがき

私は高校生の頃、自称Ｒｏｃｋ少女でした。

友人の前ではいつもはっちゃけていて、考え方はひねくれていて、「大人」がとにかく嫌いで、でも不良にはなり切れなくて……。詩を書くようになったのはそんな十七歳の冬でした。


とある日本のロックバンドを好きになったことで、私はＲｏｃｋというものにどっぷりはまるようになりました。それまでの私は、高校時代の私とはまるで正反対で、自分を押し殺して生きてきました。いつも誰かに言われるがまま、されるがまま、人に合わせて過ごしてきました。それが良い生き方なのだと、正しい生き方なのだと、自分の汚れた感情を表に出すのはいけないことであると信じ込まされてきたのです。

だから、どうしたら自分の抱えている思いや感情を相手に伝えることができるのだろうかといつも悩んでいました。先生や家族の前で見せる自分と、自分の中に隠している自分とのあまりのギャップに毎日絶望していました。

そんな自分の生き方を、Ｒｏｃｋは変えてくれたのです。そしていつしか「私の生き方を変えてくれた音楽を作ってくれたあの人たちのようなバンドを組んで、オリジナル曲を作りたい」と思うようになりました。このことが、詩を書き始めたきっかけです。

詩は、点字盤でぽつぽつと書いていました。でも、それを誰かに見せることはありませんでした。恥ずかしかったから……。

しかし二十一歳の時、ふとしたきっかけでそれまで点字板で書き溜めていただけだった詩を、音声読み上げ機能が入った携帯電話を使ってインターネット上に投稿するようになりました。このことが、自分の世界や人との繋がりの幅を大きく広げてくれました。残念ながら「バンドを組みたい」という夢は挫折してしまいましたが、その代わり今度は詩集を出版したいという新たな夢ができました。

あれから何年かが過ぎて、いろいろなご縁があり、今回このような詩集を出版させていただくことができました。

この詩集は、詩を書き始めた十七歳から数年の間に書いた作品を中心にまとめました。よい本になるようにと編集してくださった亜久津歩さん、出版社・読書日和の福島憲太さん、クラウドファンディングでご支援してくださったみなさん、そしてこの詩集を手に取って読んでくれたあなた、本当にありがとうございます。

私の詩を読んで、ほんの少しでも何かを感じていただけたら、そして、誰かの世界をほんのすこしでも変えられるようなきっかけになってくれたら嬉しいです。そう私の生き方を変えてくれた、あのＲｏｃｋのように……。

二〇二〇年一月　羽田光夏

クラウドファンディングに関するご報告および御礼

二〇一九年四月十六日から二〇一九年六月三十日にかけてCAMPFIRE（キャンプファイヤー）で行った「全盲のロック詩人羽田光夏の第1詩集『世界と繋がり合えるなら』を出版したい！」のプロジェクトにご支援いただいたみなさん、ありがとうございました。

弊社創業以来、初めてのクラウドファンディングにもかかわらず、十九人もの方々から計八一、〇〇〇円のご支援をいただくことができました。

またありがたいことに、「クラウドファンディングの参加方法が分からないけど、支援したい」というお申し出を何人もの方からいただきました。

そうしたみなさんのおかげでこうして詩集を世に送り出すことが、また羽田光夏が詩人として世に羽ばたくことができました。

本書はそのタイトルの通り、羽田光夏が詩人として世界と繋がり合っていくことを願ってつくった作品です。羽田光夏が詩人として世界と繋がっていけるよう、これからもぜひ応援よろしくお願いします。

最後にほんの一部ではありますが、ご支援いただいた方をご紹介させていただきます。

いぬかい小児科　犬飼和久
井丸十和子
医療法人社団海仁　海谷眼科
大川和彦
土岐修
松崎勇樹

（敬称略）

読書日和　福島憲太

著者略歴

羽田光夏（はねだ　ひか）

静岡県出身。未熟児網膜症により生まれつき視覚障害（全盲）がある。中学生の頃から小説を、高校生の頃から詩を書き始める。二十一歳から、インターネット上に作品を投稿するようになる。

趣味は点字での読書、音楽鑑賞、ラジオを聴くこと。

好きな食べ物はマグロの刺身、味のり。

<本書のテキストデータ引き換えについて>

視覚障害その他の理由で必要とされる方からお申し出がありましたら、メールで本書のテキストデータを提供します。

なお、個人使用目的以外の利用および営利目的の利用は認めません。

ご希望の方は、ご自身のメールアドレスを明記したメモと下の『世界と繋がり合えるなら』テキストデータ引き換え券（コピー不可）を同封のうえ、下記の宛先までお申し込みください。

<宛先>
〒433-8114
静岡県浜松市中区葵東2丁目
3－20　208号
読書日和
『世界と繋がり合えるなら』テキストデータ係
（担当：福島）

『世界と繋がり合えるなら』
テキストデータ
引換券

詩集　世界と繋がり合えるなら

著者　羽田光夏

発行者　福島憲太

発行日　二〇二〇年一月十四日　（初版）
二〇二〇年五月二十二日（初版第二刷）
二〇二二年九月十五日　（初版第三刷）

定価　一二〇〇円（税別）

発行所　読書日和
所在地　〒四三三-八一一四
静岡県浜松市中区葵東二丁目三-二〇　二〇八号
電話　〇五三（五四三）九八一五
Eメール　dam7630@yahoo.co.jp
ホームページ　http://dokubiyo.com

編集・ブックデザイン　余白制作室
※本書の文字は、すべてUniversal Design Fontを使用しています。

印刷・製本　ちょ古っ都製本工房

 ISBN 978-4-9910321-2-7　C0092